1, 2, 3, partons en safari !

Une journée en Tanzanie

Pour mes petits-enfants — Tim, Gibson, Billy, Joe, Bennett —
et pour les enfants de l'école de Farmingville — L. K.

Pour Helen et Lucy — J. C.

Remerciements au Dr Michael Sheridan, professeur assistant
de sociologie et d'anthropologie au Middlebury College —
pour son aide dans les traductions et prononciations du swahili.

Barefoot Books, 2067 Massachusetts Ave, Cambridge, MA 02140
Barefoot Books, 294 Banbury Road, Oxford OX2 7ED

Première publication sous le titre We All Went on Safari en Grande-Bretagne par Barefoot Books, Ltd
et aux États-Unis par Barefoot Books, Inc en 2003
Première publication du livre à couverture souple en 2004
Première publication de l'édition française en 2014
Tous droits réservés

Graphisme : Louise Millar, London
Reproduction par Grafiscan, Verona
Imprimé en Chine sur du papier 100 % sans acide
Ce livre a été composé en Legacy
Les illustrations ont été réalisées avec des aquarelles

ISBN 978-1-78285-141-7

Données de catalogage britannique avant publication :
La version anglaise de ce livre fait l'objet d'une entrée au catalogue de la British Library

Données de catalogage avant publication de la Library of Congress :
LCCN 2013051235

Traduction : Anne Marie Mesa

1 3 5 7 9 8 6 4 2

1, 2, 3, partons en safari !

Une journée en Tanzanie

Écrit par Laurie Krebs
Illustré par Julia Cairns

Barefoot Books
step inside a story

Nous partîmes tous en safari
Le soleil se levait au loin

Un léopard solitaire nous vit
Arusha en compta un.

moja 1

Nous partîmes tous en safari
Marchant à la queue leu leu

Des autruches nous avons suivi
Et Mosi en compta deux.

mbili **2**

Nous partîmes tous en safari
Nous dépassâmes l'acacia

Des girafes s'étaient nourries
Et Tumpe en compta trois.

tatu **3**

Nous partîmes tous en safari
Jusqu'au fond du cratère verdâtre

Assis dans l'herbe, un lion rugit
Et Mwambe en compta quatre.

nne 4

Nous partîmes tous en safari
Jusqu'au lac où les oiseaux trinquent

Près des hippopotames presque assoupis
Et Akeyla en compta cinq.

tano

5

Nous partîmes tous en safari
Parmi les troupeaux sans malice

Nous suivîmes des gnous aguerris
Et Watende en compta six.

sita **6**

Nous partîmes tous en safari
Le ciel était presque net

Des zèbres zigzaguaient dans la prairie
Et Zalira en compta sept.

saba 7

Nous partîmes tous en safari
Surprîmes des phacochères en fuite

Près de la porte du Serengeti
Et Suhuba en compta huit.

nane 8

Nous partîmes tous en safari
Dans un arbre au feuillage tout neuf

Des singes faisaient des pitreries
Et Doto en compta neuf.

tisa 9

Nous partîmes tous en safari
Dans la vallée où les feuilles bruissent

D'énormes éléphants étaient tout ouïe
Et Bodru en compta dix.

kumi 10

Nous partîmes tous en safari
Sous le soleil couchant.

Nous allumâmes un feu de camp,
et nous nous écriâmes en chœur,
« Bonne nuit les amis ! »

Les animaux de la Tanzanie

Le léopard — chui *(tchou-i)*

Les léopards emportent souvent leur proie sur une branche située en haut d'un arbre, où ils peuvent manger et dormir en sécurité. Seule leur queue longue et tachetée révèle leur cachette secrète.

Le lion — simba *(sim-bah)*

La lionne chasse pour la troupe, qui compte souvent jusqu'à treize membres.

L'autruche — mbuni *(m-bou-ni)*

Les autruches sont plus grandes que la majorité des joueurs de basket professionnels. Elles mesurent en effet de 2 à 2,5 mètres, et elles courent très vite !

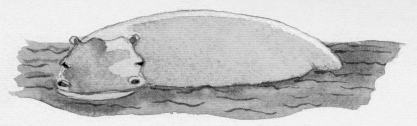

La girafe — twiga *(twi-gah)*

La langue des girafes est longue, elle mesure 45 cm et leur lèvre supérieure est spongieuse, ce qui leur permet d'éviter les épines de leur mets favori, l'acacia.

L'hippopotame — kiboko *(ki-bo-ko)*

Les hippopotames s'immergent dans l'eau pendant la journée, replient leurs oreilles et ferment leurs narines afin d'empêcher leur peau de se dessécher au soleil.

Le gnou commun —
nyumbu *(nioum-bou)*

Le gnou ressemble à une combinaison de nombreux animaux. Il a la tête d'un bœuf, la crinière d'un cheval, les cornes d'un buffle et la barbe d'une chèvre.

Le zèbre des plaines — punda milia *(poun-dah mi-li-a)*

Comme les humains qui ont leurs propres empreintes, chaque zèbre a ses propres zébrures noires et blanches qui lui permettent de se camoufler.

Le phacochère — ngiri *(ènji-ri)*

Les familles de phacochères trottent rapidement à la queue leu leu, la mère devant et les marcassins qui la suivent, tous la queue droite dans les airs.

Le singe vert —
tumbili *(toum-bi-li)*

Les petits du singe vert s'agrippent à la poitrine de leur mère en s'accrochant à sa fourrure et en entourant son dos de leur queue.

L'éléphant —
tembo *(taim'-bo)*

L'éléphante s'occupe de son petit avec une tendresse surprenante, le cachant derrière ses pattes ou au sein du groupe.

Le peuple massaï

Le peuple massaï d'Afrique de l'Est habite sur la frontière de la Tanzanie et du Kenya. Plusieurs familles vivent en groupe dans de petits villages. Elles construisent leurs huttes avec de la boue, des brindilles, de l'herbe et de la bouse de vache. Ensemble, elles s'occupent d'un grand troupeau de bétail. C'est la principale activité de la tribu. Lorsque les pâturages sont abondants, les habitants restent dans leur village. Lorsque les terres s'assèchent et les saisons changent, le groupe se déplace pour trouver de l'eau fraîche et de nouveaux pâturages pour le troupeau.

Les Massaïs sont des gens fiers. Ils se tiennent droits et sont beaux, vêtus de leur grande cape d'un rouge profond. Les hommes et les femmes se parent de colliers en perles et de boucles d'oreilles. Certains hommes ont des coiffures recherchées. Les femmes se rasent généralement les cheveux et portent de grands colliers blancs qui rebondissent au rythme de leurs pas.

Aujourd'hui, dans ce monde en constante évolution, ils se battent pour conserver leur mode de vie qui est celui d'une des dernières cultures pastorales sur terre.

Noms swahilis

Lorsque les parents choisissent le nom de leur enfant, ils en prennent un qui a une signification particulière. Ils espèrent qu'en grandissant, leur bébé aura les qualités que ce nom suggère.

ARUSHA (f) *(a-**rou**-cha)* — indépendante, créative, ambitieuse

MOSI (m) *(**mo**-si)* — patient, responsable, aime sa famille et sa maison

TUMPE (f) *(**toum**-pai)* — amicale, drôle, dirige et organise

MWAMBE (m) *(**mwam**-bai)* — ordonné, paisible, un bon homme d'affaires

AKEYLA (f) *(a-**kai**-la)* — aime la nature et l'extérieur

WATENDE (m) *(wa-**tenne**-dai)* — sensible, généreux, créatif

ZALIRA (f) *(za-**li**-ra)* — compréhensive, paisible, amicale

SUHUBA (m) *(sou-**ou**-ba)* — intelligent, talentueux, affectueux

DOTO (m/f) *(**do**-to)* — généreux, affectueux, obligeant

BODRU (m) *(**bo**-drou)* — travailleur, prend le temps de terminer ce qu'il a commencé

Quelques faits sur la Tanzanie

La Tanzanie est le plus grand pays de l'Afrique de l'Est. Il est deux fois plus grand que la Californie.

Le Kilimandjaro est la montagne la plus haute de l'Afrique et mesure de 5, 895 mètres.

La lac Victoria, au nord, est le deuxième lac en importance dans le monde.

Avant 1961, le pays s'appelait le Tanganyika. Un des grands lacs porte encore ce nom. Désormais, la Tanzanie est composée du Tanganyika et de l'île de Zanzibar.

Il y a plus de 100 tribus en Tanzanie.

Le nom Serengeti signifie « douleur infinie ».

Le cratère du Ngorongoro est un volcan effondré. Il a déjà été plus haut que le mont Kilimandjaro. Désormais, il ressemble à un bol profond.

Les gorges d'Olduvai sont parfois appelées le berceau de l'humanité. Les ossements d'hommes de l'ancien temps ont été trouvés là.

Compter en swahili

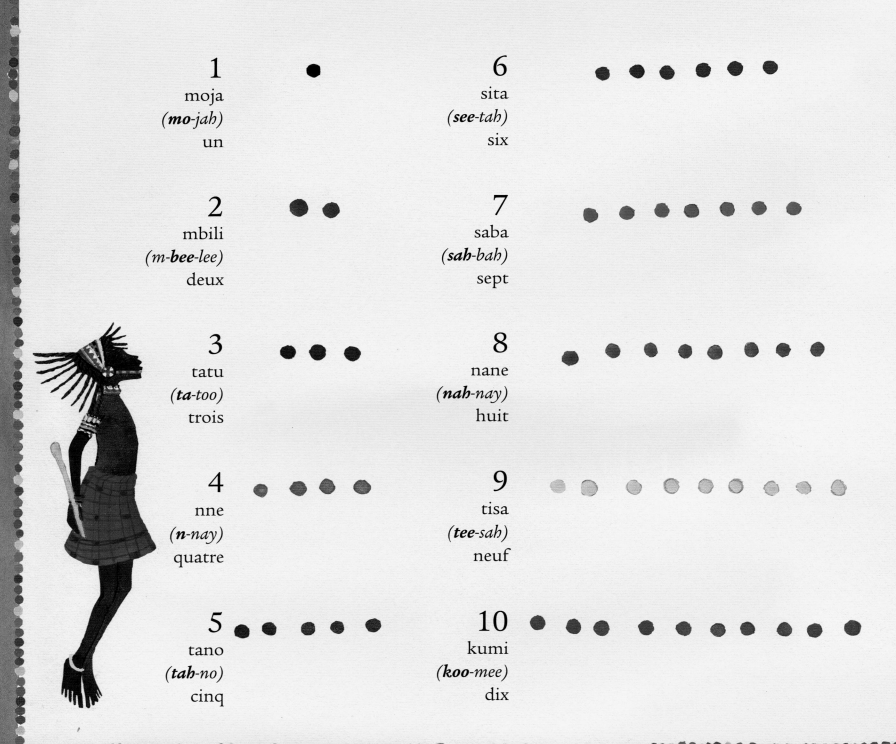

1
moja
(**mo**-jah)
un

2
mbili
(m-**bee**-lee)
deux

3
tatu
(**ta**-too)
trois

4
nne
(**n**-nay)
quatre

5
tano
(**tah**-no)
cinq

6
sita
(**see**-tah)
six

7
saba
(**sah**-bah)
sept

8
nane
(**nah**-nay)
huit

9
tisa
(**tee**-sah)
neuf

10
kumi
(**koo**-mee)
dix